M. NOËL

Publié pour la première fois par Egmont sous le titre : *Mr Christmas*.
MONSIEUR MADAME ® Copyright © 2009 THOIP (une société du groupe Chorion). Tous droits réservés.
© 2006, Hachette Livre pour l'édition française sous licence THO. Tous droits réservés.
© 2006, Hachette Livre pour la traduction française. Tous droits réservés.

ISBN : 978.2.01.225198.4 - Édition 07 - Dépôt légal : septembre 2010
Loi n° 49-456 sur les publications destinées à la jeunesse.
Imprimé et relié en France par I.M.E. à Baume-les-Dames.

M. NOËL

Roger Hargreaves

hachette
JEUNESSE

Monsieur Noël vivait au pôle Sud. Par une froide matinée, il prenait son petit déjeuner dans sa maisonnette enneigée. Il se régalait de gâteaux de Noël, bien sûr !

Alors qu'il avalait sa dernière bouchée, on frappa trois coups à la porte. C'était le facteur.

« Bonjour, Percy ! s'écria monsieur Noël.
Entrez donc vous réchauffer ! »

« Volontiers ! répondit Percy. J'ai une lettre pour vous,
qui vient du pôle Nord. C'est peut-être votre oncle ? »

Au pôle Sud, tout le monde connaît le célèbre oncle
de monsieur Noël, qui habite au pôle Nord.

« C'est ce cher Père Noël, murmura monsieur Noël.
Je n'avais pas eu de ses nouvelles depuis si longtemps ! »

Monsieur Noël ouvrit l'enveloppe et commença sa lecture :

Mon cher neveu,

J'espère que tout va bien pour toi.

Ici, nous sommes débordés par les préparatifs de Noël. C'est la raison pour laquelle je t'écris.

Année après année, la distribution des cadeaux à tous les Monsieur Madame devient de plus en plus difficile pour moi. Je voulais savoir si tu me ferais le plaisir de prendre ma place cette année. J'espère que tu pourras m'aider.

Ton oncle qui t'aime

Le soir même, monsieur Noël appela le pôle Nord.

« Le Père Noël à l'appareil ! » fit une voix.

« Bonsoir, mon oncle, dit monsieur Noël. Ta lettre
est arrivée ce matin : j'aimerais beaucoup t'aider ! »

« Quelle bonne nouvelle ! reprit la voix. Je suis si heureux.
Prends un papier et un crayon, je te donne la liste
des Monsieur Madame ! As-tu besoin de mes rennes ? »

« Je ne pensais pas que la liste serait si longue,
avoua monsieur Noël. Mais je devrais y arriver ! »

Monsieur Noël parcourut la liste pendant son dîner.

« Ceci va m'occuper un moment, se dit-il. Avant tout, il faut que je trouve un moyen de transport. Pour cela, demandons vite son avis au Sorcier ! »

Il parlait du grand Sorcier des Neiges !

Le matin suivant, monsieur Noël se mit en route
pour le château du Sorcier. C'était le plus grand château
que monsieur Noël ait jamais vu. Et pour cause :
le Sorcier des Neiges était… un géant !

Lorsqu'il apparut, il mugit d'une voix qui faisait dresser
les cheveux sur la tête :

« Cher Noël ! Comme cela me fait plaisir de te voir !
Entre donc ! Viens, suis-moi ! »

« Qu'est-ce qui t'amène ? » tonna le Sorcier.

Monsieur Noël lui raconta toute l'histoire. Il lui dit qu'il avait besoin, pour sa mission, d'un véhicule très spécial.

« Hum… réfléchit le Sorcier. J'ai bien une idée, mais je ne peux rien te montrer avant deux semaines. »

« Merci beaucoup ! s'écria monsieur Noël. Au revoir ! »

Mais le Sorcier ne l'entendit pas : il était déjà plongé dans ses réflexions.

Deux semaines plus tard, monsieur Noël reprit
le chemin de l'immense château.

« Ah ! Te voici ! gronda le géant. Voilà ton engin ! »

« Mais, c'est votre théière ! » s'exclama monsieur Noël.

« Eh, oui ! Je te présente la première théière volante !
Elle fonctionne avec des sachets de thé. Il suffit de la
ravitailler tous les mille kilomètres, et tu pourras aller
jusqu'à trois fois la vitesse du son ! »

Ils essayèrent aussitôt la théière volante à l'extérieur.

Ils firent le tour du pôle Sud en un rien de temps
et se posèrent sans encombre devant le château.

« Alors ? » demanda le Sorcier des Neiges.

« Extraordinairement fabuleux ! » s'exclama monsieur Noël, ravi de l'invention qu'il venait d'essayer.

Le soir venu, monsieur Noël entreprit de dresser la liste des cadeaux pour tous les Monsieur Madame.

C'était une longue liste.

Une très longue liste.

Monsieur Noël la termina au milieu de la nuit !

Monsieur Noël passa la semaine à faire
les paquets-cadeaux. Et, sans qu'il ait vu
le temps passer, le 24 décembre arriva.

La veille de Noël !

« Ça va être une grande journée », se dit-il en entassant
les paquets colorés dans sa théière volante.

Ce fut une longue journée… et une longue nuit aussi !

Le jour se levait presque lorsqu'il déposa le dernier cadeau chez monsieur Heureux.

Monsieur Noël était exténué.

Au matin de Noël, tout le monde
se mit à déballer ses cadeaux.

À sept heures du matin, monsieur Tatillon ouvrit son paquet. Il trouva trois cent soixante-cinq chiffons jaunes. Un pour chaque jour de l'année !

À sept heures cinq, monsieur Petit ouvrit son cadeau. Un bonbon à la banane, enveloppé dans du beau papier. Un vrai festin !

À sept heures dix, monsieur Glouton déballa son paquet. Un livre de cuisine intitulé *Les Mille et Un Délices*. Il se frotta le ventre de satisfaction !

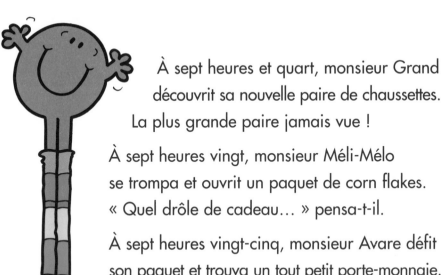

À sept heures et quart, monsieur Grand découvrit sa nouvelle paire de chaussettes. La plus grande paire jamais vue !

À sept heures vingt, monsieur Méli-Mélo se trompa et ouvrit un paquet de corn flakes. « Quel drôle de cadeau... » pensa-t-il.

À sept heures vingt-cinq, monsieur Avare défit son paquet et trouva un tout petit porte-monnaie.

À sept heures trente, monsieur Étourdi découvrit son cadeau. « Serait-ce mon anniversaire ? » se demanda-t-il.

À huit heures moins vingt, monsieur Bavard déballa
son paquet et trouva un dictionnaire.
« Très, très, très, très, très utile », murmura-t-il.

À huit heures moins le quart, monsieur À l'Envers ouvrit
son cadeau. C'était un tableau. « Comme il est beau »,
dit-il en l'accrochant au mur… mais à l'envers !

À huit heures moins dix, monsieur Malpoli ouvrit
son paquet : un gratte-dos en or pour le rendre aimable !

À huit heures moins cinq, monsieur Rigolo ouvrit
son cadeau. C'était un livre de farces rigolotes
qu'il se hâta de tester sur ses amis.

Puis, à huit heures précises, monsieur Étonnant déballa
son paquet. C'était un truc électrique, tout automatique,
instantané, numérique et informatique !

Qu'est-ce que c'était ? Je n'en ai aucune idée !

Peu après huit heures, le téléphone sonna.

« Bonjour », gronda une voix.

« Bonjour, répondit monsieur Noël. Bonnes Fêtes ! »

« Je te souhaite un Joyeux Noël aussi, dit en riant son oncle. Comment cela s'est-il passé ? »

« Bien, mais je viens juste de rentrer. »

« Moi aussi, soupira le Père Noël. Je suis resté bêtement coincé dans une cheminée, en France. Je crois que j'avais trop mangé ! »

Et voilà, c'est la fin de cette histoire.

Enfin presque.

Pas exactement.

À cinq heures de l'après-midi, monsieur Lent avait enfin ouvert son cadeau.

Cinq heures, c'était l'heure. Et le jour ?

Au nouvel an, bien sûr !